歌集

緑を揺らす

吉澤ゆう子

青磁社

緑を揺らす＊目次

I

II

III

吉澤ゆう子歌集

緑を揺らす

I

小さき緑

森として分け入るときにひかるもの鞄に入れて歩き出ださむ

水遣ふ神はいびつな樹々となり影を川面にうつしてゐたり

木漏れ日の太きに入りて見上ぐれば虫は透けつつあまた漂ふ

森に火を落としたことがあるやうな吾と思へり草に坐れば

透明なばかりのみづに陽はとほり壜を枯葉に傾けてゆく

七文字でしかない吾に葉から葉へ落ち継いできし滴の落ちる

叶ふことなき憧れは濃く淡くくらき樹間を匂ひきにけり

わが名前呼ばれる度に顔を立て表情うすきことを恥らふ

創世の頃から生きてゐるやうな樹木のこゑを吾は聴きたし

落葉松のくろき落ち葉の間にありてカベンタケは黄に輝りゐたり

生きものの声がなにかを呼ばふとき生きものの吾の振り返るなり

おほかたのひとの地平の果てにゐて吾はちひさき緑を揺らす

子守唄

樹々の根のあらはに見ゆる山肌に風はさくらの花びら落とす

落とされて酒は硝子はたまゆらの眩しきひかり午の舗道に

三日月のやうなバナナを幼子に渡せり月の傾きのまま

鍵と鍵触れ合ふ音のひそやかに東の空に星の増えゆく

浴室にたつ音なべてやはらかく長く響けり弥生の夜に

しりとりの果てなく続くやうになりいつか親子は長湯となりぬ

まるつきり弾かずなりたるわがチェロの紅きケースの膨らみて見ゆ

子守唄何度もうたひ子を寝かせ子のなき頃の吾も寝かせゆく

父母《ちちはは》の唄ひくれしはコサックの子守唄と知りぬ制服の頃

乳白のあかりのもとに古本の活字沈めるあたたかき夜半《よは》

ひと筋の光にあたまを差し入れて眠れる吾子を月に委ねる

春の夜迦楼羅は笑ふみづからの硬きかたちがくすぐつたくて

三角公園

蟷螂のたまごに触れる春の朝あたまの上はどこまでもそら

弁当に卵、インゲン、ミニトマト　今日もちひさき寄せ植ゑつくる

さまざまな形のひかり自衛隊ヘリの編隊朝空をゆく

オルガンの音たひらかに流れ来ぬ窓に魚やさくら貼られて

滑り台はいま朝光《あさかげ》のためにあり桜さやげる三角公園

羽ばたきを収めて鳩は抱きたる空気をまるく身体となしぬ

トラックを取り上げられし幼子の虚を横ざまに風の吹き過ぐ

四年ぶりに道に遭ひたる犬の母子互ひのからだを嗅ぎやまぬなり

会ふひとに明日は雨と告ぐる子のあたまゆらゆら日ざかりの道

蝸牛貝

春の陽に取りのこされて鳥も吾《あ》ももの を探しつつ野の縁をゆく

夕暮れにしきりに触れるふくらみはオレンジ色の、オランジーナの

子の友の帰りゆくとき子の〈俺〉もポッケに入れて持つてゆきたり

叱ること苦手なわれは真夜中にマシュマロを食む立ちたるままに

主なき蝸牛貝　みづからに真面目な嘘をつき過ぎにけり

真直ぐなるひかりの束は重なりてその向かう側木の椅子の見ゆ

おほまかに吾を掬ひ上げいつもより早くあなたは家を出でゆく

届かざりし言葉は抜けたる髪のやうそのうちわれも踏んでしまふよ

なにがしか身はぬくもりぬ蓋として被る帽子は縁なき帽子

母であること明日のこと忘れてチェロをただ弾く旋律となり

信号の碧はするどく光りをり青ふかくある夕べの空に

どうしたつて黄は真ん中であるべきで黄いろのままに男《を》の子は育つ

一枚のかほは和室の闇の中わが顔の上《へ》にやはらかくなる

蟷螂

たまごより蟷螂の子ら出できたり雨降る前の春のあかとき

塊の蟷螂の子らほぐれつつ宙を動いて大地をさがす

泉水

山寺のあをき椛の葉の陰に吾子の鼻梁の少しく尖る

せせらぎに沿ふ坂道を下りてゆく両手からんと空けたるままに

靴のまま入る厨に友と立ちさやゑんどうの筋をとりゆく

男らは竹の棒もて川の面《も》を叩けり鮎を追ひ込むために

ヤリイカのかたちに川を流れきて子は息を吸ふ笑ひ出すため

陽光を摘みきし顔にわが友は洗濯ものをまるく置きたり

いつしかに筋肉質になりたる子ぎゅつと抱けど隙間の多し

おそなつの線香花火一人分のひかり分け合ひ家族は囲む

怪談を声ひくくして語りをり眠る間際のやはらかき子に

蠟燭のめぐりにありて閑寂はたまにおほきく動いたりする

子の寝息絶えて俄かにきはまれる闇にかすかな真水の匂ひ

心からこころへわたる言葉あり友と並びて高見山見る

てのひらを離れて指はみづのもの川の面にやはやはと見ゆ

われを呼ぶ声重なりて川の上に蜻蛉の群れの傾ぎ始めつ

みづからの永き時間を疑はぬ少年の掌《て》に泉水深し

歪なわたし

さみしさは日表にあり紋白蝶《もんしろ》の発ちたる後の大き切り株

ああ光、光この頃まぶしくて光に沿へば歪なわたし

目眩して視界消えゆくたまゆらを湯呑みのふかき藍に縋りぬ

微熱持つをみなを映す鏡台の央なる洞に〈樹海〉のコロン

臥すことの多き娘を持つ母はいつも大きな鞄提げくる

覗き込む顔のぶんだけ襖開け子はわが熱を声ひくく訊く

あの夏のいくつもありてあの夏と言ふのみにして母と話すも

向日葵の背丈の母の裏庭に如雨露を持ちて遠ざかるなり

遠かりし賞味期限の過ぎてゐて平熱の掌《て》に玉子冷たし

くすぐつて欲しき顔した少年がボール抱へて吾を見上げゐし

灯がなべてうす明るくてお囃子の聞こえた夜の遠さを思ふ

鳥がみな行つてしまつた暮れかたに子の掌に載せる胡桃、松の実

ＢＢ弾

匂ひある風のつよさよ雑踏に緑衣のひとの際立つ季節

少年と亀を隔てる玻璃窓に息の曇りは重なり合へり

きらめきは一つところに留まりて疾く離れゆく赤きフェラーリ

とりどりの工事車輌はしまはれて子の部屋に木の箱はありたり

子の部屋のもの動かせば子のごとくＢＢ弾の転がり出づる

ラジコンのヘリコプターは天井に当たりし後をたちまちに落つ

球形の玻璃の中なる骨貝の最後に触れし風を思へり

夕空に虹の欠片は光りをり歌の終はりの余韻のやうに

たちまちにビニールの温度取り戻す子の去りし後ピアノの椅子は

メトロノームallegrettoに鳴る部屋は夜の領域に疾く入りゆく

光る墓光らぬ墓

伸びてゆく飛行機雲に分かたれし空のこちらにわが街はあり

その顔をいまだ知らざる白猫の今日も軒下を走り去りたり

山に添ひ山を越えくる雲のこと隔てある世のものと見てゐつ

乗り換への要らぬ電車にかなしみはかなしみのまま陽を受けてをり

特急とすれ違ふときたつ音の様々にして一斉である

円柱の向かうは見えず見えぬままくろき何かとすれ違ひたり

光る墓光らぬ墓の並びゐておそなつの朝家族は礼《ゐや》す

篁に囲まれ山の上の墓地に寛永からの墓石の並ぶ

をのこ子を産み得し吾は「でかした」と言はれてゐたり大きな声に

樹の下にこどもの汗は透きとほり何処へも行かぬと約束をせり

羽ばたきに息継ぎはあり飛ぶといふ鳥の驚きかたを愛する

鉄塔は畠に遠く連なりて遺跡のごとく暮れあひに立つ

朱鷺土鈴ひとつ鳴らして蔵《しま》ひたり夏の日暮れに遠き檜《ひ》の山

運動会

膝まるき少女の空を突くときにバトンを伝ふ初秋のひかり

秋の陽を背に受くる子はきんいろのトランペット吹く頰紅くして

一周を競ひつづけし少年は五位の黄色の旗に向かひぬ

子の赤きベレーをとれば陽炎のごときのたちて疾くほどけたり

まことの闇に

舗道を鴉の低くゆき交へり樹々のあを濃き世木神社前

窓際に雨の香つよし台風の進路にゐるとメールに知りぬ

白つぽい雨に濡れたる竹叢の気配にはかに人めいてくる

少年のかほ触れがたし深々と雨の匂ひにくるまれてゐて

えんがちよを知らざりし子がえんがちよの意味をしきりに問ひかけてくる

主なき寺のほとけの竹叢を奔れる夜中折つたりもして

雨戸閉めあかりを消せば限りなく広くなりたる二階六畳

音のみが動いて跳ねて奔りくるまことの闇に子は眠らない

少年がほそき声もて呼ばふときわが裡の〈母〉が顔を上げたり

おもふさま甘やかしくるる雨の夜の闇慕ひをり母になりて後

居住まひを正すごとくに闇揺れぬらんぷ、と小さく呟きしとき

如月の雪

歪みたる時のながれを均すごと雪は降りをり如月の夜

万華鏡まはして止めてまたまはす形へ向かふかたちうつくし

真冬には風吹きつのる街に住みチェーン買ひ替へず十五年過ぐ

降雪を確かめるため開けるとき障子は昭和の音たつるなり

降りしきる雪に眼を見ひらいて子は水平に傘をさしゆく

結晶のままに降りきしひとひらの窓に張り付きみづになるまで

雪の積む電線に鳥の並びゐて時折羽を動かすもあり

山々のなだりを埋める雲の底樹々は時折前進をする

めくれたる葉の一枚を剝がされてキャベツはあはき輝りをあらはす

ただいまと行つてきますをひと息に言ひて男の子はゐなくなりたり

II

いわうじま

はなびらを鼻に触れるといふことの羞《やさ》しさしろき紫陽花の咲く

紫陽花に雨降る季《とき》にちちのみの父は逝きけり六十歳《ろくじふ》にして

母とただ二人の時に繰り返し父は言ひしと「かへりたいなあ」

ただ一度父の墓参は叶ひたり母と二人つきりのかの秋

ゆく場所のごく限られしかの島に父は歩めりただ黙《もだ》にゐて

八歳がほどまで父は住みしとふ基地のみにして無人の島に

検索をすれば画像は鮮やかでまづは拡げぬ摺鉢山を

かの島の軍事利用は記さるる同じ大きさ濃さの文字にて

祖父《おほちち》の一家八人疎開せり伊豆半島の先端の地に

漁りに祖父一族は生きてきて居間にカジキの吻はありたり

ただいまを言ひし瞬間ことばから父は祖父母の三男となる

仏壇は海に向かひて納められ祈れるひとの横顔は見ゆ

会ふ度にまなこの色の薄くなり伯父はわれらの近況を訊く

夜のうちに父は起き出すそのむかし舵をとりゐし船に乗るため

入道雲は上にゆくほどあかるくて龍王丸の港に入り来

かの夏のスクール水着大き過ぎわれの身体を遅れて布は

折り紙をしながら海は見えてゐて従兄のわれを呼ぶ声のせり

金目鯛のひかる眼に触れし時つめたさはわが背中に及ぶ

島のこと話しつづけるテーブルにいわうじまとは誰も呼ばない

巨大なる鯨の潮を吹くさまを伯父は語りぬ酒を飲みつつ

話すこと話さぬことの総量を収めてひとは夜を眠るなり

集落の墓地のいちばん奥に立ち祖父母の墓の木漏れ陽に照る

草踏みて歩く坂道ゆかりなき墓にわが影うすく過ぎりぬ

「めぐり逢ふ朝」

音楽は死者たちのためにあると言ふサント・コロンブその低きこゑ

やうやくに見つけし〈鳥の歌〉の譜を翼のやうな譜面台に置く

かつて十五歳は

少年の眼鏡ずれたり身体から溢れてやまぬ欠伸といふは

笑ふべきところを外す母である子の早口な春はとりわけ

おほいなる春の虚空に吸はれゆくお木曳き車のふときわん鳴り

新しき子のスニーカー玄関に汚れるを待つ白さにありぬ

体育館に椅子うつくしく並べられいづれ旅立つ舟のごとしも

校庭のゴールポストを揺らす風かつて十五歳《じふご》は大人であつた

もともとは丸くととのへられたらし樹は各々のかたちしてゐる

岡さんはあまりに林さんに似て岡さんの顔を覚えられない

表面の模様まだらに掠れたる白きボールが草にうづもる

子の机《き》には大きパソコン　梟の縫ひぐるみ二羽はわが棚に来つ

Skype の相手決して見えなくて子の顔はパソコンに隠れて

水流のバケツの底を打つ音のたちまちに消え路地はゆふ暮れ

さはさはとさくら咲かせる春の気の吾をゆつくり越えてゆく夜

杜

早苗田をはつか傾ぎて走りくる参宮線は二両編成

風を生み風を生ましめ楠は五十鈴の川の縁に立つなり

樹に宿るみどりの球を透きて見ゆとまれる鳥のよく動くさま

あたらしき木の香あかるき宇治橋にひとは宝寿に手すりに触れる

欄干に触れれば指はざらついてひときは冷ゆる中指の先

風の芽を踏みゆくごとく川原に黒きテリアは走りまはりて

みづの香と樹の香まじはる川原に片脚曲げて白鷺の立つ

遅れし吾を子は待つてをり床の間に置かれつづける壺のかほして

餅菓子の多き伊勢なり赤福に御福にへんば、太閤出世

風を待つもののしづけさ軒ふかく江戸風鈴の紐の垂れゐつ

ひそやかに気を揺らしつつ托鉢の僧は槐の片陰に佇つ

立ち込める樹々の香りに感情のあはき影さす雨上がりの杜

ヒール五センチ

プランターに嵌りてねむる猫のゐて立てばぱらぱら落ちてゆく土

乗り換へをする度かるくなつてゆく夏の鞄を斜め掛けせり

最後部乗務員室に錠をさし車掌は車内に歩み出したり

押せばすぐ変はる信号さみしくてゼブラゾーンを斜めに渡る

遮断機の前に救急車は止まるひかり激しくまはせるままに

拡声器に壮年のこゑ割られつつシュプレヒコールは遠きへ向かふ

デモ隊の横を歩けるわが足のヒール五センチ不意に疎みき

葉のみどりなべて揺れゐる街路樹の道は終はりぬ或る信号に

光体になりきれぬまま銀色の飛行機は雲の中に入りたり

原発の仕組み読みゐる子の首の新聞の上に深く垂れゆく

ドアノブの冷たさのごと張り付きぬスマホに読みし識者のことば

指冷ゆる夜は恋ひをりひたすらに尾を振らるるといふぬくもりを

運行のしづけさを享《う》け柴犬はふかき声もて遠吠えをせり

おほきな月

菓子ばかり食べて暮らした姫ぎみのお髪《ぐし》のやうだ夜の芒は

やはらかい　くすぐつたいよ　満月の今宵葉つぱは邪である

いい人になりきつて諾、諾ばかり言ふもまたよし酒など注ぎ

閉ざされし銭湯の上はるかなる宙《そら》におほきな月のありけり

足音に振り返りたる大型のマスクせしひと天狗の眼をす

添ふやうに遠のくやうに闇ありぬ白きはまれる月のめぐりに

もの言はぬ行列として月光はわが身体とすれ違ふなり

うろこ雲とほして月を覗き込む身はベランダにかろくなりたり

美しと感ずるこころこそあやし抽斗の底に万華鏡冷ゆ

中天に月は至りて西の果てはるかな雲に翳りの深し

人間が時に楔をうつ前のはるかなる昼はるかなる夜

答志島

あり余るひかり後ろに流しつつ鷗は飛べり甲板の上に

答志といふ島のかたちを辿りゆく海を左に見るほそき道

海風のかよひ道ならむ山の上に竹叢傾ぎいつも揺れゐて

日々海苔を洗ふ船ありあかき海水《みづ》港の奥にしづかに在りぬ

大漁と書かるる注連縄扉《と》の上にはつか傾げる白壁の家

海の面《も》の正方形のやはらかく常に揺れをり若布のはたけ

平行に張り渡さるる白き綱見えないまでに若布は繁る

陽を直に浴びたる若布ぬめぬめと光を貯める溢れ出すまで

島の子のこゑの聞こえぬ真昼間の路地をするどく風の吹き過ぐ

招かれて入りし家の半土間に海苔製造の機械ありたり

「ちよつとでも穴が開いたら売れんのさ」凍天《とうてん》の透く海苔をくれたり

花の窟に

空青く海あをくしてはるばると七里御浜のはたての朧

海分かつしろがねの道日輪に至りて人をいざなふごとし

伊邪那美《いざなみ》に伊邪那岐《いざなき》のゐてみ熊野の有馬の山に白梅の咲く

中ほどを塔に継がれてあたらしき綱は窟を渡されにけり

石に石ひとつ積みたりむらさきの幟の右に道を外れて

狛犬はあくまで真顔　口の端《は》と鼻の孔のみ紅く塗られて

御綱を渡し終へたる氏子らの白きを纏ひ道にさざめく

祀られて神はますます神である　掌のなか硬貨冷たし

見上げれば傾いてゆくからだかな磐の上には樹々の溢れる

ちはやぶる神は御身をふるはせて駆け上がるらむ彎曲の磐

あつけらかんと冬が好きだと言ふひとよ花の窟に神事始まる

粛々と祝詞唱ふる神主のましろき袖の翼なすまで

御綱に花や扇の吊られゐて窟の上に一斉に揺る

しづけさを舳先にわけてゆくごとく巫女は舞ふなり紅き袴に

伊邪那岐に斬られてしまひし加具土命《かぐつち》の墓を抱きて母の陵

おのが子に触れず逝きにし伊邪那美に吾も捧げたし真白き百合を

はたてから竪琴の音《ね》のごと聞こゆ　人よゆめゆめ殺めるなかれ

根方にて伐られし巨樹の陽だまりにしろき色して死にてゐたりき

応へたき声があるなりしまひまで声ひびかせて大鳥鳴く

山々に襞なす闇の沈みつつ日向のみどりを膨らませをり

III

変声期

一斉にあかき空から逃げてきてちひさき鳥のばらけたる列

風鈴に指紋ありたり夏は疾く遠くなりゆく季節と思ふ

おそなつの夕べの電話名乗られて変声期なる子の声を識《し》る

電話機のコードの螺旋伸ばしては触れつつ指はたのしかりけり

橋の上ゆ羽ばたきてのち白鷺の浮きつつ川の行方に向かふ

殖やせよといふこゑはるか遠ざかりしろき日輪わが上にあり

てのひらの線深くして子は受ける卵《らん》の透けたるくろき川海老

うつすらと子の唇《くち》の上を覆ひゐる短きくろき草を見てゐつ

各々がひとつの部屋に扉《と》を閉ざし廊下にともりつづける灯

少年は手を投げ出して眠りをり吾よりつよきf《フォルテ》を生む手

半月の直線闇に滲みをり子離れのときは唐突に来る

秋のたんぽぽ

弧を描き金木犀《もくせい》の花散り敷きぬ医院の庭に薄日射しきて

水紋のせめぎ合ふさまきらきらと黒き庇に映りてゐたり

全身に受けゐる秋の向かひ風此処と異なる陽の匂ひあり

他人事として聞いてゐた煙草の香かすか漏れくる禁煙席に

ただ一度突き刺すための尖りあり軟膏の蓋の中なる円錐

伝へても伝へなくても苦しきを　夕光に照る秋のたんぽぽ

消えさうな縁と思へば真向かひて実印のごとき言の葉を置く

あけぼのの杉その頂の一点の真実とこそ思へば　雲よ

わがために怒りくれたる少年の背のこはばりを掌にしまひたり

ゆふぞらの青をめぐりに集めつつ宵待月の山を離れゆく

栗を剝く爪先とがる夜の更けの満ち足りてなほ剝き続けをり

裏庭の石に溜まれる雨水を猫はひと舐めそして飲み干す

揺りかごにわが寝てゐると思ふまで雲なき秋の空を見てゐつ

あたたかき秋

あたたかき秋は来てゐて窓越しになにか言ふ子の眼がくろい

子の部屋の前は一旦止まる場所おほかたはたつた数秒なれど

やうやくに起こしたる子のおはやうは遠き沼より聞こえくるなり

ゆずレモン少しづつ飲む子の喉にかすかな隆起　三日月ひかる

枕辺に丸椅子を寄す傍らといふ言の葉に救ひはありて

〈子のために〉は本当だらうか青空にひとつも見えぬ満天の星

もう何も踏みたくなくて両足を湯舟の縁にひらかせてゐる

子のつかふ箸がリズムを持ち始む三色丼、ささみのサラダ

少年は膨らみを指すひと夏を忘れてゐたるペットボトルの

蓬萊の肉まんを買ひ少年は肉まんがわらふやうな顔せり

ほら、ドアの木目もやうが光り出す明日にはあをき朝顔も咲く

星空のそのまた奥を見てゐれば見えくるくらき星々がある

遠くからメールをくれしともだちの言葉はわれの右手をとりて

鳥居

麓には黄《きい》の鳥居のひらかれて樹のなす闇のくらぐらと見ゆ

針葉樹広葉樹その境界は直線なりき三角の山に

さみしい袋

影踏みをしてゐたかつた女の子　下弦の月の雲に入りゆく

名前持つ前のわたしに呼びかけしちちははのこゑ聞きたし今宵

雲のいろ濃きひとところ迫りきて斥候《ものみ》のやうな霙降り来ぬ

膚《はだ》厚きマグにミルクはしづまれり　母に抱かれし記憶をさがす

曼珠沙華つらなりて咲く坂道を下りし日ありき片手ひかれて

旧姓に呼ばるることのどちらかといへば苦しきことと知りたり

しまひきてまたしまひたる感情は波打ち際を持つ湖《うみ》である

何ほどもなきことされど一人なり窓に向かひて曲がる仙人掌

身体はさみしい袋ひと知れず入れてこぼしていつも揺れゐる

二股に分かるる生姜うすぐらき冷蔵室の奥処にしまふ

日曜の午後にみぞれは雨となり無人の橇の過ぎりゆきけり

ミサイルのボタン押す指を思ひつつ色画用紙を一枚選ぶ

いつか吾を裏切りさうなうすき手に母に貰ひしワセリンを塗る

杜に沿ふ道をゆつくり歩きをり最寄りの駅は鳩の棲む駅

直角にひかうき雲のゆき合ひて正方形のつかの間の銀

旅人に明け渡すには日当たりのよいハルニレの樹がよいのです

合格

見開きの大き写真は欅樹の　子のアルバムにしろき陽の照る

朝あさの梅の蕾のふくらみの枝垂るる枝にどこまでも沿ふ

ひらきゆくものが見たくて味噌汁に春のアオサをほとりと落とす

帰るなり合格を話しやまぬ子の両の眼のあからみて見ゆ

もつれ合ひ絡まり合ひて笑顔なり子らは互ひにスマホかざして

専願と併願とでは申し込み用紙が異なる

担任の破り棄てるをただに見る専願のためのうすき一枚

子とともに籠りゐし冬、その冬の居間にはずつとツリーがあつた

安心は放心となり本棚の前に立ちをりこけしのごとく

どうぶつのスリッパを履くさみしさのひと足ごとにわれは沈みぬ

まるでなにもうつさぬ鏡のやうな空　脚の二本にちからを込める

残りたる梅花最後の一輪のふるへてゐたり若葉のなかに

御幸道路

閉まりたる結納店の硝子扉をなべて覆へる白きカーテン

針刺しに見えない孔の満ちてゐて結婚二十周年迎ふ

赤色の葉は逆光にふるへつつ何処かに鳥の羽ばたき聞こゆ

よく見れば鳥居の多き街である濃くあはく樹の色をしてゐて

ひらがなの名前の医院街中に多くなりたりここ何年か

サミットの日の迫りたるこの街に工事の音のをちこちに聞こゆ

あかねさす御幸《みゆき》道路の歩道には古りたる石の灯籠の立つ

あをき葉とくれなゐの葉の際立ちて御幸道路は樹の多き道

木下闇その背にのせて大鴉灯籠までを斜めに飛べり

基礎のなき灯籠あまたあるといふ夫は撤去に立ち会ひゐたり

つよき焔をつかふ人をり舗道に掘られし大き穴に屈みて

家々の壁の黄なる刻限をすり抜けてゆく雀の羽音

皺多き汝《な》が作業着をうけ取りてこすり洗ひせり洗面台に

匂ひなき焔をしばし見し後に大き圧力鍋を置きたり

かうもりをさす汝を見たし雲の層なべて隠れて雨降る夕べ

黒鯛

体深く卵《らん》育める三月の黒鯛《チヌ》はするどき曲線を持つ

黒鯛を兜割りせし一音の冬の家ぬちにながく響けり

ほつほつと噛み締むる夜こそよけれ汝《なれ》のつくりし鯛の昆布締め

しづけさのつのる夜の更けわが夫は声をつかひて欠伸するなり

苔のしづかに

十字架のごとく立ちゐる欅への訪ひかたを思ふ夕暮れ

風景である樹はいつか名付けられ陰に梢に小鳥のつどふ

色あはき蟻のゆき交ふ樹の膚に触れれば遠くなるゆびの先

欅樹は或る日或る時抜かれたり剝き出すための歯を持たざるに

昼の陽はにぶく照らせり地の下の思ひのほかの樹の複雑を

＊

新聞の皺なほしつつ読むひとの背《せな》の角度が父に似てゐる

白い雲流れる多广の河原でゆう子を抱いて春をたのしむ

父の短歌《うた》書かれてありぬみどりごの吾を抱きたる写真の横に

漁りの十年ののち研究者を目指しし父の思ひや如何に

父逝きて緑陰の濃くなりし家しづかな夏に呑み込まれゐつ

形見なる父の賛美歌おのづからひらく頁に短調多し

三部屋の官舎に芝の庭ありてミヤコワスレは隅に咲きゐつ

稚魚あまた群れゐるところスポイトに父は落とせり液体の餌《ゑ》を

「お父さんはいわうたうで生まれたの」母は幼き吾に言ひゐき

いわうたう　聞き返す吾にははそはの母は遠いところだと言ふ

地球儀の海に探ししいわうたう吾は見つけ得ず父が指さす

いわうたうってどんなところと訊きしかど「ああ、うん」と言ひつひに黙せり

からだよりはるかに大き影をひき父は日の暮れ突堤に立つ

聞けどすぐ忘れてしまふ島影をまた父に問ふ指さしながら

夫と子と伊豆を訪ねし夏の日をおもへば瞼の裏が眩しい

木の膚のわれを覆へる心地せり波打ち際に裸足に立てば

わが子にも祖父母のルーツを話しつつ岩場に至るトンネルをゆく

＊

旧きみづあたらしきみづ抱きつつ樹木に苔のしづかに殖える

あたらしき地に植ゑられて欅樹の風景となるまでの歳月

覚えゐる記憶の上にのみ生きて欅を見上げることの多しも

樹の膚の襞の深まるところありわが知らざりし祖父の手を思《も》ふ

やがて樹は幹に記憶をしまひつつ丘に大きな梢《うれ》をひろげる

梅

半ばからみどりに変はる梅の枝みどりの枝につぼみは実る

暴風雨昼に止みたり紅梅のつぼみは銀の羅に包まれて

入道雲の写真

光からひかりこぼれてやまざるは真夏の巨き楠の下

パソコンの大き画面に吉野ヶ里遺跡の写真を子はととのへる

みどり濃き葉叢ざわめくその上に昼の陽に輝るあかるき若葉

運転を突き詰めたいと八月に子は発ちゆけり免許合宿

牽引は難しいといふＬＩＮＥ来る入道雲の写真とともに

青年の居ないひの暮れ屑籠は大きな穴として部屋にあり

喰はれたる葉をさがしつつ見るときに躑躅の内を秘所と思へり

背伸びするごと夕空を見てゐたりひかうき雲のゆるやかな弧を

南瓜煮るキッチンの窓やはらかに曇りて月を滲ませてゐつ

若いこと驚かれつつトラックを子は運転す手紙を載せて

ハハオヤ！と呼ばれて吾はハイハイと返事をかへす手をとめぬまま

顔立ちはあまりわたしに似てゐない青年にワイシャツを手渡す

IV

開放弦

遠くから木菟に見られてゐるやうな夜だあなたの腕《かひな》に触れる

わが家にいちばん暗き八畳間なつの本棚に凹凸多し

背中から落ち続けゐる心地して雨つよき夜に眠りがたしも

遠き夏の欅顕ちたり仰向けに見てゐる未明の闇の向かうに

一杯の濃きディンブラを飲みあぐね夏雲のなす嶺を見てゐつ

夏のわれ開放弦の音《ね》となりぬ陰ゆたかなる欅の居れば

わが孕みゐし光の粒のゆつくりと汝のかたちをなしゆく晩夏

恋すればすなはちくらき魚《うを》となりみづからみづへ渡りゆくなり

水槽にグラスフィッシュは泳ぎをり異なるみづをひらめかせつつ

毛先までとどこほりなく梳けるとき髪は正しき温度を持ちぬ

楠や欅が好きと言ひながらわたしがわたしを踏んでゆく夜

夜の更けに声はつめたし近づいて遠ざかりゆく「ご注意ください」

木製のファン

木の陰に入りゆくとき足先が少しく寒いとりわけ朝は

朝の陽にひかるレールを響かせて回送列車は近づいてくる

風花の加速するさま見てゐるも痛みがわれをからだに戻す

なにかしら定まらぬ吾デパートに鏡は思はぬところにありて

歳末の書店に陽と灯混ざり合ひあまり動かぬ人々は居り

痛みとは生きるちからでもあるけれど　音なくまはる木製のファン

火の傍に風土記を語りくるるごとヴィオラ・ダ・ガンバはひくく鳴りをり

わがために汲まれしみづに充ちてゐし氷の動くうつつの三時

わが後にひとの待ちゐる窓口にヘルプマークを貰ひ受けたり

後ろから傘さすひとの迫り来るごとく師走の夕は暮れゆく

負ひ目多きわが身であるよごみ捨てを夫に任せる火曜金曜

みづからに釘さすやうな者だから梟に呼ばるるものだから

レディー・ガガ　病同じくせしひとの記事を読むなりその名を見れば

さし伸ばすためのわが手と思ふとき星座の間《あひ》に星はかがやく

来なかつたものはしづかな針葉樹　夜半の和室に鋏をつかふ

声よりも

そら深む冬ともなれば鳥たちの重さよ梅の梢の揺れる

墨色のまつたき羽は落ちてゐて指に触れたり光沢に沿ひて

切り株はたれのためにか残されて年輪ひとつ見ひらくごとし

いつまでも調弦できぬ舞台袖夢と知りてもペグを動かす

笑ひかた忘れてわれは目の前のひとの笑顔を真似してゐたり

声よりもわがこゑであるチェロを容《い》れハードケースは背に平らなり

汚れかた似てゐる棚の人形の口は楽器にほそく繫がる

欠けてくる月から夜毎逃げてきて摑みし弓の毛のゆるみかた

外つ国のふるき旋律弾いてをり二人のひとに名を呼ばれゐつ

全身に痛み奔りてたつた今楽譜でありし筈のゆふやみ

リースには白き花のみあしらはれ診察室の扉にかかりをり

それでも、やめない方がいいと言ふ医師のまなこの真向かひに在り

初めての呼吸《いき》するやうに指揮棒は動きはじめる舞台の央に

触れてゐる膚あたたかきわがチェロに性有るならば男性だらう

もうすでに洗ふべき手だ冒頭の*ff*《フォルテッシモ》に今し入りゆく

不可思議な手のかたちかな昇りつめ最もつよき音《ね》を乞ふときに

チェロとなり木は樹でありし頃のこゑ聴かせてくれる吾と共にゐて

金管の奏者の息を吸ふ音の一斉にしてするどい響き

弓と弓ぶつかり合ひし瞬間に兆ししあれは怒りであつた

木管のピアニッシシモはあかるみぬ指揮者のゆびが天をさしし瞬間《とき》

旋律の終はりてのこるイ短調和音は井戸の闇のごとしも

プラハにて

遠ざかるほどにやさしき曲線の冬の梢《うれ》なりプラハの街に

名を知らぬままに出会ひを重ねたらたちまち翳になる冬の樹々

ヴルタヴァの川の流れは淀みつつ鳥を呼びつつ市街に曲がる

かすかなる傾斜を秘せる石畳もやうの違ふ道に踏み出す

聖人像に触れつつ歩くカレル橋おのおの楽器ケースを負ひて

石橋を振り返るなり影のなき日には影なきやうに歩いて

くすみたるくれなゐ色の屋根を持つ建物多し川のめぐりに

疼痛をおそれつつ歩く旧市街わが後先に夫と子がゐる

観るやうに聴いてゐた旋律のこと汝に話せば頷きくるる

ゆつくりとメトロの駅に下りゆくエスカレーターすれ違ひつつ

長い深い地下への孔はしろじろと遠近法のふともおそろし

この街に男女問はずに持つ術の目と目の合ひし瞬間《とき》の微笑み

ドヴォルザークの墓に参る

ドヴォルザーク、ドヴォルジャークと言ふときに羞しき動きかたをする舌

置かれたる花束ひとつスメタナの大き墓石と距離はありたり

襞多き衣まとへる彫刻の聖なる者に闇は滲みて

外つ国のスターバックスにLサイズコーヒーを飲み子は寝てしまふ

そのひとと見上げてゐたり午後六時天文時計のうごき出す瞬間《とき》

亡き友の来たかつた街　子のためにマリオネットを踊らせてくれた

人の手にとらるるまでをしづかなる仮面は壁にうつむき加減

目の洞に目があらはれてまばたきを始める春の夜会のあらむ

あかねさすスメタナホールの天蓋に湖のやうなる天窓がある

立てられしグランドピアノの天蓋に青き格子は映りてゐたり

エンドピン刺したる痕かステージにあまたなる孔角度を見せて

燕尾服まとへるひとの横顔とその漆黒の尾羽の遠さよ

一切は夢であつたと知るときの朝陽のやうだアルトの歌声

かのひとのトランペットの鳴るたびに深くなりゆくホールの静寂

空を突く塔の先には線ほどの更にするどきものの継がれて

枝垂れ梅

幾百の枝垂るる枝にまもられて灯り始める梅花の時間

遠きより女のひとの立ち話聞こえるやうだ　梅の咲き初む

梅の樹の根方のめぐりを覆ひゐる苔は撫づれば厚みを増しぬ

梅の花にのこれるみづはどのみづも玉をなすなり薄暗き朝

風花のひとひらを追ひ振り返るにはか光を帯びたる記憶

曇天に匂ひのうすき冬の樹のめぐりに子らが鬼ごつこする

走りきて子の渡しくれし補聴器を付ければほそき鶯のこゑ

いつたんは上に伸びゆく梅の樹のしだれ始めるあたりに触れる

紅梅の花咲きさかる暮れかたの庭に稚きこゑは満ちたり

駆けてゆく足音

駆けてゆく足音のせり遠近にひかうき雲の生るる朝《あした》に

わが視野を今掠めしは降りる樹を決めたる鳥の羽ばたきならむ

遠くから来たひとのやう昼過ぎに起ききしひとが食器棚見る

子育ての日々のなだらかならずして頭上ひそかに飼ひてゐし鳥

春の蚊は埃のやうに下りてきて夢見心地のままに真昼間

公園に過ごしし日あり光より戻り来たりしシャトルを打つて

たんぽぽの絮吹きし後青年は首をめぐらす息の行方に

侵しがたく天道虫はひとつにてフェンスの上を歩きつづける

しあはせでなくてもいいと樹が言ひてその樹の名前を図鑑にさがす

呼んでゐるころは梟　神無月だから通れる扉はありて

だんだんとかろくなりたし透明なかんてんなどを籠に入れゆく

陽だまりに半ばうつつのごとく来て羽虫の群れの飛びやまぬなり

雲間よりほそきひかりの射してきて光は音の棺となりぬ

さくら葉の枝に疎らにのこれるを黄金《きん》に染めたり雲間のひかり

築二十五年

方形の窓にいつしかゐなくなり蜂はまぶしき残像である

浴室の碁盤洗ひて四半刻古代の巫女のやうに立ちたり

アドリブの途切れ途切れに聞こえくる朝の家に子の満ちてをり

痒ければ思ひつきり掻くひとたちと住む木の家は築二十五年

三人の家族は暮らすおほらかな押入れあまたある木の家に

汚れある窓は空にはなり得ずにかたちのうちに張り詰めてゐる

青年の背丈の伸びて扉の多き家ぬちに誰何多くなりけり

北風を抱き続ける山々の稜線の果て夜に溶けゆく

壁紙のもやうの中に魚ばかり見える夜なり緑茶を淹れる

近況を書きあぐねをり遠雷が遠雷のまま過ぎゆく夜を

お月さまと呼びゐし頃の子のこゑが聞こえたやうな　浴室を出づ

湯上りのみづ湛へたるわが臍にふしぎな闇の滲みてゐたり

次なる樹

もうゐないひとのためなるサラバンド奏でるといふ祈りのかたち

喧騒はわが裡にあり防音の小部屋を出でて〈らんぷ〉へ向かふ

茶房にはリュートの音の落ちつづけ窓は見るたび眩しいひかり

気をつけをした瞬間の世界には真つ直ぐな樹がたくさんあつた

揺れぬ樹の向かうに揺れる樹のありて梢の下に青年は立つ

肌に木肌《はだ》触れてしまひしたまゆらをかすかな風の腕に生るる

一人《いちにん》に戻りゆくべし雲の間にひかうき雲のあはく解けて

ひとしきり風吹き終へて欅と欅の距離のあたらしく見ゆ

生命線うすく長きを見つめをり　春の欅が総身にさやぐ

羽ばたきとその谺とはたちまちに消えたり樹々の上なる空に

一斉に東へ向かふ鳥たちの夕べの空に層をなしをり

さまよふといふにあらねど樹の下にわれは次なる樹を見てをりぬ

解　説

森の呼び声

真中　朋久

吉澤ゆう子さんの歌集は不思議な印象をもつ一連からはじまる。

森として分け入るときにひかるもの鞄に入れて歩き出ださむ

「森に」ではなく「森として」である。踏み込んでゆくその場所を「森として」と読むのが順当なところかもしれないが、自分自身を「森として」という感じもあるかもしれない。若葉の頃の森は、晴れた日に遠くから見れば輝くようにも見えるが、その中は鬱蒼として暗く、何が潜んでいるかわからない、そういった混沌としているところへ踏み込んでゆく覚悟というのは、自分自身の中にある混沌を見つめることにも通じるだろう。そして、そのとき、「ひかるもの」を携えている。小さな大切なものを持っているという。

森に火を落としたことがあるやうな吾と思へり草に坐れば

いささか不穏な作品だ。「ひかるもの」とは別のものかもしれないが、熱量が高く、不用意に落とせば、自分も含めて全てを焼き尽くしてしまいかねない。そういうものを持っている。過去のどこかで、森を焼き払ったことがあったかもしれないと感じている。

七文字でしかない吾に葉から葉へ落ち継いできし滴の落ちる

わが名前呼ばれる度に顔を立て表情うすきことを恥らふ

生きものの声がなにかを呼ばふとき生きものの吾の振り返るなり

作者自身の名前の文字数にこだわる作品はちょっと珍しい（そういえば私も七文字だ）が、「七文字」と書くことによって、それは森の樹々の夥しい葉の中の七枚のようにも見えてくる。外界の呼び声に対してどういう表情をしたらよいのか。そもそも呼び声は外からなのか。呼ばれている〈私〉は何なのか。風や光、水滴にこたえるのは枝葉を揺らす樹木のような私であり、動物の声には自分の中の動物が反応する。

おほかたのひとの地平の果てにゐて吾はちひさき緑を揺らす

そしてタイトル作である。「おほかたのひとの地平の果て」というのはどうだろう。孤独感というのではなさそうだ。普遍的なものの呼び声を感じて、日常生活からはるかに遠いところまでやってきた自分を見出すことがある。そんな感じだろうか。

巻頭の一連だけでも、なかなか示唆に富む。読み応えがある。いろいろなことを言ってみたくなる。

遠くから呼ばれるだけではなく、声を出して呼ぶ歌、身近な人に呼ばれるという歌も、良い。

居住まひを正すごとくに闇揺れぬらんぷ、と小さく呟きしとき

その名を声に出すというのは呼ぶこと。呼ぶというのは、つまり名前を与えること。この作品、実際には、ちょっとした空気の動きでランプの火が揺れ、その光と影が周囲で揺れるということだろうが、擬人法が効果的に使われて、思わず読者が居住まいを正しているような気分になる。

音のみが動いて跳ねて奔りくるまことの闇に子は眠らない
少年がほそき声もて呼ばふときわが裡の〈母〉が顔を上げたり

同じ一連の少し前の作品。「まことの闇」は、清水真砂子の翻訳による、ル＝グウィンの『ゲド戦記』なども連想する。現実の闇というよりも、物語ならば魔法の支配するような、己の魂にかかわるような、深い闇を感じさせる。
ランプの火の光と影が揺れるように、樹々の葉がざわめくように、生きものの声に呼ばれるように、子の声に動かされる。冒頭一連のなかのモチーフの変奏がここにある。さまざまな具体を伴って、呼ぶ／呼ばれることのバリエーションが展開されてゆく。

それにしても、歌集の中に登場する子の表情がいきいきとしていて面白い。実生活の具体が多く出てくるわけではないが、幼子がいつか少年になり、やがて青年になってゆく姿が折々あらわれる。

ヤリイカのかたちに川を流れきて子は息を吸ふ笑ひ出すため

おそなつの夕べの電話名乗られて変声期なる子の声を識《し》る
蓬萊の肉まんを買ひ少年は肉まんがわらふやうな顔せり
顔立ちはあまりわたしに似てゐない青年にワイシャツを手渡す

一首めは泳ぐというのか、ゆるい傾斜の滝を水と一緒に滑りおりているのだろう。「ヤリイカ」というところに目が行くが、下句のほうもなかなか面白い。水から顔を上げて笑う直前に息を吸ったということだが、それを「笑ひ出すため」と言っている。これは強引なようにも見えて、楽しくてたまらない子どもの気分に深く共感をしているという感じでもあるだろう。

家の中では気づかなかった変声期を電話の声で知る。美味しいものを食べるときの何とも言えない笑顔。「青年」という言い方には、いくらか意識的に子離れをしようということもあるだろう。それぞれ面白く、味わいのある作品だ。

ところで、「呼ぶ／呼ばれる」という作品の中には、こんな作品もある。

名前持つ前のわたしに呼びかけしちちははのこゑ聞きたし今宵

旧姓に呼ばるることのどちらかといへば苦しきことと知りたり

自らのルーツへ関心が向かうのは自然なことだが、ここでも「ちちははのこゑ」である。呼び声である。旧姓で呼ばれるというのは、ある人にとっては懐かしい所に帰るような感じにもなるだろうけれど、「どちらかといへば」という微妙なところで「苦しきこと」と言っている。

歌集の中ほど、二か所にわたって、亡き父の出身地のことについての比較的長い連作が置かれている。

島のこと話しつづけるテーブルにいわうじまとは誰も呼ばない

いわうたう　聞き返す吾にははそはの母は遠いところだと言ふ

無人島であった硫黄島《いおうとう》は明治期に硫黄採掘や漁業のために人が住むようになる。太平洋戦争では激戦地となったことで知られ、戦後は長く米軍の管理下におかれた。日本に返還された後も自衛隊や気象庁の関係以外は、特別な場合を除いて立ち入ることができない。

日本語の名前、地名にはよくあることだが、漢字表記をどう読むのかははっきりしていないことが多い。それでは困るのでどこかで統一することになる。「Iwo jima」というのは米軍占領を強く意識されることもあって、忌避されるらしい。

父の一族が疎開した伊豆半島には、おりおり親戚があつまって昔話をする。望郷の思いについて父も多くは語らなかった。母を通して聞くことの間接性も、作者の中で思いがわだかまることにつながるだろうか。これはなかなかに複雑なことなので、過度に物語や作者像を思い描かず、ひとつひとつの作品を味わってゆきたい。

ただいまを言ひし瞬間ことばから父は祖父母の三男となる
折り紙をしながら海は見えてゐて従兄のわれを呼ぶ声のせり
金目鯛のひかる眼に触れし時つめたさはわが背中に及ぶ

帰省風景も、声や言葉に焦点をあてていることが見どころ。父は作者の「父」であると同時に、「祖父母の三男」なのである。土地の言葉のイントネーションはもちろん、関係性は言葉にもあらわれるものだ。

従兄に呼ばれて海で遊んだ日々の回想の中は夏の日差しの明るさだけではく、なかなかに実感がこもっている。

音楽は死者たちのためにあると言ふサント・コロンブその低きこゑ
やうやくに見つけし〈鳥の歌〉の譜を翼のやうな譜面台に置く

硫黄島にかかわる二つ目の連作「苔のしづかに」は三部構成になっていて、前後の部分は樹木や音楽にかかわる作品が配置されている。「サント・コロンブ」は、映画「めぐり逢う朝」の登場人物。音楽はもちろん、短歌もおそらく生者だけのものではない。この一冊の重要な要素は亡き父への思いであり、父を思えば、硫黄島のことに触れなければならない。そうして作った作品は亡き父に届いただろうか。そう思ってサント・コロンブの言葉をかみしめる。
「鳥の歌」はカタロニア民謡。おそらくパブロ・カザルスが編曲したチェロ用の楽譜だろう。カザルスが戦争で荒廃した故郷を思い、「平和」を願って演奏したことはよく知られている。この一連における樹木の歌の意味、連作の構成なども含めて、じっくりと味わってもらいたい一連だ。

母であること明日のこと忘れてチェロをただ弾く旋律となり
声よりもわがこゑであるチェロを容《い》れハードケースは背に平らなり
それでも、やめない方がいいと言ふ医師のまなこの真向かひに在り

吉澤さんはかなり本格的にチェロを演奏してきた人である。歌集の後半には、どうやら体調の問題もあって、十分に演奏できない状態にあるらしいということも読み取れるが、音楽もまた、この歌集の中では大きな題材になっている。そしてそれは、たんに題材というよりも、短歌と音楽が、それぞれから触発されているようなところもあるのではないかとも思う。

音楽もまた、日常生活を遠く離れてゆくための扉である。ただ、それがあれば自在に、簡単に遠くまでゆけるというものでもない。歌も音楽も、身を削るような、自分の奥底を抉るようなところはある。壊れてしまわないように、さまざまな工夫をしながら、ある部分は慎重に、場合によっては勢いをつけて進んでゆくほかはない。そういったさまざまな営為も、演奏の、短歌作品の奥行や陰影をつくってゆくだろう。

読みどころの多い歌集だと思う。紹介したい作品は、まだまだたくさんある。ひとつひとつの作品を味わいたい。連作を読み解いてみたい。読み返してみると、読み返すたびにまた別の発見がある。この歌集を通して、歌と出会う喜びを、歌集を読む喜びというものを、多くの人と分かち合いたいと思う。

あとがき

『緑を揺らす』は、私の初めての歌集です。二〇〇八年から二〇二二年までに作った歌の中から四六一首を選んで収めました。第九回現代短歌社賞に応募して佳作となった「ふしぎな闇」を基に大幅に加筆、修正しています。主に母として過ごした日々の作品を、製作年とは関係なく、時の経過や心情に添うよう構成しました。

もう十四年ほど前のことになります。
或る友人が、SNSで短歌をほぼ毎日投稿していました。その短歌にとても惹かれてはいたものの、詠むことは私には縁のないことだと思っていました。ところが、不眠がひどかったある夜、私は何故かたて続けに歌をつくっていたのです。あの夜の、未明の闇の中でのふとした気まぐれがなかったら、私の人生はどんなものになっていたことでしょう。

子供の頃から、自分の思いや感情を表すことが苦痛といってよいほどに苦手でした。そんな私にとって、わけのわからない自分という存在を通して見た外の世界や心のうちを言葉で表すことは、おそれを伴う新鮮な体験でした。

詠み始めてから、自分の中で澱んでいた何かが循環し始めたように思います。詠むことは、ともすると何処かに落ちてゆきそうな私が自ら人、世界と繋がろうとする足掻きなのではないかと思っています。

歌集名『緑を揺らす』は

おほかたのひとの地平の果てにゐて吾はちひさき緑を揺らす

からとりました。

私は、生かされている。

どうしようもなく、命である。

病を得てからは尚、このことを折に触れて痛感しつつ嚙み締めています。この歌を詠んだ場所は、今の私の原点といえる、生命の気配に満ちたなつかしい樹海です。

塔短歌会に入会した頃には小学生だった息子も社会人になりました。父と硫黄島の一連を漸く詠むことができたことも、歌集を出すきっかけになりました。長年見守り、あたたかな励ましを下さった塔の方々、結社を超えた友人達、短歌に導いてくれた友、そして家族の存在あってこそのことと、改めて痛感しています。厚く御礼を申し上げます。

また、詠むだけでなく、読み合うたのしさとよろこびはひとしおで、塔は入会から今に至るまで貴重な、大切な場であり続けています。

歌集を編むにあたり、ご多忙な折に心強い伴走をしていただき、心のこもった解説をお寄せくださいました真中朋久様にはただただ感謝するばかりです。そして、歌集の上梓に際して丁寧に導いて下さいました青磁社の永田淳様に、心より御礼を申し上げます。

お読み下さり、本当にありがとうございました。

令和五年三月　枝垂れ梅の若葉の芽吹く日に

吉澤　ゆう子

塔21世紀叢書第429篇

歌集 緑を揺らす

初版発行日 二〇二三年六月二十九日

著　者 吉澤ゆう子
三重県伊勢市八日市場一－一二（五一六－〇〇七六）

定　価 二五〇〇円

発行者 永田 淳

発行所 青磁社
京都市北区上賀茂豊田町四〇－一（〒六〇三－八〇四五）
電話 〇七五－七〇五－二八三八
振替 〇〇九四〇－二－一二四二二四
https://seijisya.com

装　幀 濱崎実幸

印刷・製本 創栄図書印刷

ISBN978-4-86198-563-8 C0092 ¥2500E